AF489197

أحببت جثة

خلود محمد الشيخ

صادر عن دار حكايتي للنشر والتوزيع

للتواصل:01067495491

اسم الكتاب: أحببت جثة.

تأليف: خلود محمد الشيخ.

الإخراج الفني: دينا شاهين.

تصميم الغلاف: سها عبد النبي.

التدقيق اللغوي: إسراء الجمال.

إصدار عام: 2024

رقم الإيداع: 2024/16237

الترقيم الدولي: 6-86-8997-977-978

أحببت الجنة

إهداء

أُهدي كلماتي لكل محبين الكتابات والكلمات الذهبية، وأهديها أيضًا لنفسي و لكل من يظن ان الحب مجرد كلام لا معنى له.

المقدمة

هنا تبدأ رحلتي، رحلة ليس لها نهاية،

رحلتي مع القلم، هنا قلمي يبوح بما يدور في مخيلتي لعل أحدكم يجد ما يدور بعقله هنا، أمسكت قلمي ثم استعنت بالله لكي أكتب على صفحاتي الفضية كلماتي الذهبية التي تشع بنور المعرفة.

يحيى شاب بسيط يبلغ من العمر ست وعشرون عام من محافظة الجيزة، يعمل في إحدى المستشفيات التابعة لمحافظه الجيزة، يعمل في مشرحه، من الساعة التاسعة ليلًا للساعة التاسعة صباحًا، وفي يوم من الأيام أتت جثة ليحيى ليلًا، عندما استلمها وجد ملامحها جميلةً جدًا وبريئة ولكن للأسف أتت في حادث، وتوفت ولا يعرف أحدٌ هويتها، ولا من أهلها؟...

استلمها وأدخلها الثلاجة ولكنه شعر بشعورٍ غريب، كان يشعر أنه يريد أن يبقى بجانب الثلاجة.

يحيى: هو في أي إزاي كده دي ميتة؟

وظل هكذا طوال الليل إلى أن ذهب إلى الثلاجة وفتحها وظل يملس على شعرها وهو سارحٌ في براءة شكلها الطفولي.

يحيى: لا لا لا كده كتير أنا اتجننت

ثـم غلـق الثلاجـة ورحـل، ولكنـه ظـل يفكر بهـا حتـى الصـباح، وعنـدما جـاء صـديقه رحـل إلـى بيتـه لكـي يرتـاح، وإلـى أن وصـل بيتـه تفكيـره معلقٌ بها.

أم يحيى: أي يا بني مالك في أي؟

يحيى: مافيش يا أمي متقلقيش.

و دخل لينام، ولكنها زارته في أحلامه فتاة ترتدي أبيض وتقترب،
فظهرت ملامحها

يحيى: دي هي البنت نفسها بتاعت المشرحة.

اقتربت من يحيي وهي تبكي

يحيى: بتعيطي ليه أنا مش هسيبك متخفيش

البنت: لا أنت مضطر تسبني، سلام يا يحيى.

وظلت تبتعد إلى أن اختفت

يحيـــى: استـــتني اسـتنييي لاااااااا متمشـــيش أرجوكِ...

استـيقظ يحيـى مفزوعًـا وهـو يقـول: متسبنييييش

يحيـى: أي الحلـم ده؟! فــوق يـا يحيـى بقـادي واحدة ميتة.

ثـم نظـر إلى السـاعة فوجـدها السـابعة والنصـف، فذهب ليأكل.

يحيى: أمي الأكل جاهز عشان عاوز أنزل؟

«صوتِ رد وقال أيوه خلصت»

يحيى: ده مش صوت أمي!!!

دخل إلى المطبخ ورأى فتاةُ المشرحة

يحيى بصدمة: أي ده أنتِ إزاي جيتي هنا؟

أم يحيى: هي مين دي يا بني أنت بتكلم مين؟

نظر خلفه فوجد أمه ثم نظر أمامه مرة أخرى فلم يجد أحد!!

قال: لا لا ولا حاجة أنا نازل.

أم يحيى: مش هتتغدى يا بني؟

يحيى: يحيى لا مش جعان هاكل بره لما أجوع.

أم يحيى: طب خلي بالك من نفسك يا بني.

يحيى: حاضر يا أمي سلام

أم يحيى: سلام يا بني

ونزل وهو يفكر بها...

رن هاتفه "المتصل ياسر": أي يا بني أنت فين الجثة لازم تتشرح النهارده؟

يحيى: جثة أي؟

ياسر: جثة جميلة يا بني اللي جات امبارح

يحيى: هي اسمها جميلة؟

ياسر: أيوه لقينا ورقة معاها وعرفنا منها إنها اسمها جميلة

ياسر: طب دكتور باسم جه عشان يشرح

ياسر: أه جه يلا تعالى

يحيى: خلاص جاي أهو

وصل يحيى للمستشفى، ودخل المشرحة.

دكتور باسم: يلا يا وحش تعالى ساعدني

يحيى: حاضر

دكتور باسم: يلا هاتلي المشرط

يحيى: حاضر

دكتور باسم: شال الغطاء من على وش جميلة.

يحيى في باله: جميلة وهي فعلًا جميلة.

عندما غرز الطبيب المشرط في جسد جميلة شعر يحيى بأن قلبه يؤلمه، فاستأذن بحجة أنه يشعر بالدوار للخروج.

قال للدكتور: دكتور أنا طالع دايخ شويه

دكتور باسم: طيب اطلع شكلك ما أكلتش كويس.

وطلع يحيى: أنا إزاي قلبي محروق عليها كده، هي دي أول مره يعني؟!

أنا مش عارف حصلي أي بجد؟

صوت بجانب يحيى «عشان حبتني»

لف بخضة ملقاش حد!!

يحيى: لا ده كتير أوي كده

صوت عياط بجانب يحيى «يحيى، يحيى أنا بتقطع الحقتني ااااه وعياط»

يحيى بصوت عالي: كفايه كفايه بقا

ودخل على الطبيب باسم ووجده قد انتهى

دكتور باسم: والله بشرح البنت وصعبانه عليَّ يلا الله يرحمها.

يحيى: البنت لحد دلوقتي مظهرش ليها حد هنعمل أي؟

دكتور باسم: لو مظهرش ليها حد هتدفن في مقابر صدقة.

يحيى: طيب يا دكتور

خرج ولكنها ظلت في تفكيره طوال اليومين.

رن ياسر على يحيى

ياسر: يحيى الصبح بدري هندفن

جثة جميلة في مدافن صدقة

يحيى: أي إزاي طب مش يمكن أهلها يجوا؟

ياسر: لا ما أفتكرش كده إن حد هيجي

يحيى: طيب يا ياسر سلام

ياسر: سلام

يحيى: يا رب ليه كده أنا حاسس إن قلبي بيتقطع عليها؟!

دخل لينام فحلم بها...

جميلة: يحيى، يحيى أنت هتسبني؟

متسبنيش متسبنييييش يا يحيى...

استيقظ يحيى مفزوعًا...

يحيى: يا رب، يا رب تعبت أعمل أي؟

فــأذن الفجــر فصــلى وذهــب إلــى المستشــفى و
قابل ياسر

ياسر: أخبارك أي؟

يحيى: مش كويس خالص

ياسر: ليه كده؟!

يحيى: أنا حبيت جثة!!

ياسر بضحك: ده أنت مزود في العيار بقا

يحيى: ياسر أنا مش بهزر، أنا فعلًا حبيت جثة أنا حبيت جميلة يا ياسر قولي أعمل أي؟ أنا من وقت ما شفتها وأنا حياتي اتلغبطت يا ياسر.

ياسر: لا حول ولا قوة إلا بالله طب اهدى وتعالى اقعد وحد الله يا صحبي دي واحدة ميتة.

يحيى: ما هي دي المشكلة يا ياسر دي المشكلة إنها ميتة، ده أنا بقيت بحلم بيها يا ياسر

قطع الطبيب حديثهم: ياسر أنت هنا طب مش يلا عشان جثة البنت دي مش هينفع تقعد هنا أكتر من كده

ياسر: هنحطها دلوقتي في العربية يا دكتور

ياسر: يلا يا يحيى

حملوا الجثة وكانت خفيفة جدًا، ثم وضعوها على الناقلة ثم في السيارة، وعندما وصلوا إلى مقابر صدقة أصر يحيى أن ينزل هو ويدفنها

بنفســه، دفنهــا وقلبـه يؤلمــه ولكــن عنـدما هـمَّ للخــروج، لــم يســتطع أن يخــرج يــده مــن تحت جسـدها، منـذ قليـل كانـت خفيفـة جـدًا والآن هـي ثقيلة جدًا، نزل ياسر ليسأله لما تأخر؟!

ياسر: يحيى أنت بتعمل أي؟

يحيى: ايدي علقت مش عارف أطلعها

اقترب ياسر وأخرج يده بكل سهولة

ياسر: يـا بنـي ده جسـم البنـت ورقـة خفيـف أوي في أي؟

يحيى: إزاي؟! صدقني جسمها كان تقيل أوي

ياسر: طيب مش مهم يلا نطلع بس

خرجـوا ولكـن ظـل يحيـى سـارحًا طـوال الطريـق وفجأة وجد عينه تدمع...

ياسر: أنت يا بني بكلمك وبص عليه لقاه بيعيط

ياسر: أي ده؟ في أي يا عم أنت، أنت حسستني إنها أول مرة مالك في أي؟

يحيى: عارف إحساس إنك تدفن روحك وتيجي من غيرها؟

ياسر: يا بني حرام عليك هو أنت تعرفها؟!

يحيى: مش عارف، أنا مش عارف أي حاجة يا رب ليه بيحصل معايا كده؟

ياسر: استهدى بالله طيب.

وصلوا للمستشفى ودخل يحيى إلى الغرفة التي كانت بها جميلة، فوجد سلسلة على الأرض محفورٌ بها حرف "7".

يحيى: أكيد مش أنا طبعًا ممكن حرف خطيبها أو باباها مثلًا.

أخذها يحيى ثم ذهب لمنزله، تناول عشاءه وذهب لكي ينام، ولكنه وجد البطانية مفرودة وكأن شخصًا ما نائم على السرير، رفع البطانية وتفاجأ بجثة جميلة...

يحيى: جميلة! جثة جميلة جات هنا إزاي؟!

خرج سريعًا وظل يستغفر ربه حتى هدأ ودخل مرةً أخرى ولم يجدها.

نام يحيى واستيقظ لكي يُصلي وظل يدعي أن تبتعد عنه، وبالفعل ابتعدت نهائيًا...

بعد مرور سبعة أشهر عادت حياة يحيى طبيعية كالسابق.

يحيى: ياسر أنا احتمال أسافر اسكندرية أغير جو كده أي رايك تيجي معايا؟

ياسر: لا يا عم أنا مش فاضي روح أنت ربنا معاك

يحيى: تمام يا صحبي

جهـز يحيـى حقيبتـه ليسـافر، وكـان سـعيدًا جـدًا وصل للإسكندرية أخيرًا،

ولكنه انصدم مما رآه

جميلة؟!

كانت معها فتاة ويتحدثان سويًّا

يحيـى: أكيـد لا، لا لا جميلـة ماتـت مـن زمـان أكيـد لا

يحيى: أنا لازم أعرف مين دي؟!

ذهب باتجاهها وسألها..

يحيى: معلش سؤال بعد إذنك، أنتِ جميلة؟

البنت: أي قلة الأدب دي؟!

يحيى: حضرتك صدقيني مقصدش زي ما فهمتي، أنا أقصد حضرتك اسمك جميلة؟ أنا بس بشبه عليكِ

البنت: لا يا سيدي أنا اسمي خلود

يحيى: خلود! تمام أنا آسف لحضرتك

البنت: ولا يهمك.

ثم تركته وذهبت...

يحيى: أي الشبه العجيب ده؟!

ذهب إلى غرفته وظل يتعجب من هذا التشابه العجيب، ولكنه لم يصل لحل، نزل إلى الكافيه، وشاءت الصدفة أن تكون نفس الفتاة بنفس المكان ولكن يحيى لم يراها، جلس يرسم جميلة كل هذا وهو مغيب والفتاة تراقبه، وفجأة ذهبت إليه...

خلود: احم احم، تسمحلي أقعد؟

يحيى باستغراب: أه أه طبعًا اتفضلي

خلود: شكرًا

جلست ثم أخذت منه الرسمة

خلود: الله وكمـــان رسـمتني لحقـت تحفـظ ملامحي؟

يحيى: صـدقيني الموضـوع مـش كـده بـس هـي قصة طويلة أوي...

خلود: احكي وأنا سمعاك

يحيى: طيـب تشـربي أي عشـان وأنـا بحكيلـك متمليش؟

خلود: ههههه أشرب قهوة

يحيى: عنيا.

ثم طلب اثنين من القهوة

يحيى: بصي يا ستي...

وقص لها كل شيء

خلـــود: يـــااااه ده أنـــت حكايتـــك حكايـــة يعنـــي أنـــت
حبيت جثة؟!

يحيى: للأسف وكأنها ملاك على هيئة بشر،

حقك عليا صدعتك بقا

خلود: لا لا مافيش صداع خالص صدقني،

هستأذن أنا بقا

يحيى: تمام، ممكن رقمك؟

خلود: تمام مفيش مشكلة........٠١٠

يحيى: تمام يا خلود هسجله

خلود: تمام باي

يحيى: باي

أمسك الرسمة بيديه وأخذ يحدثها: ليه حاسس إنك معايا؟

مش حاسس بفراق، ليه بحسك دايمًا جنبي؟

وبعد تفكير طويل ذهب لغرفته لينام، وكلما حاول النوم مرت الأحداث أمامه، وفجأة انقطعت الكهرباء

يحيى: أي الهبل ده؟ فندق زي ده الكهرباء تقطع فيه

قرر أن ينزل ليرى ما السبب ولكنه توقف مندهشًا؛ فالدولاب يشع نورًا، اقترب منه بكل هدوء وفتحه...

يحيى: أي ده !

سلسـة جميلـة! دي جـات هنا إزاي؟ معقـول أكـون جبتهـا معايـا، لا لا أنـا متأكـد إنـي سـايبها فـي البيت،

أنـا بحكـي فـي أي دي السلسـلة بتنـور؟! و نورهـا قوي جدًا.

وعنـدما قلـب السلسـلة تحولـت معـالم وجهـه الصـدمة؛ لأنـه وجـد قبـر جميلـة مرسـوم علـى السلسلة من الخلف...

فرماهـا وأخـذ بـتلاوة آيـات مـن القـرآن، وفجـأة عادت الكهرباء..

يحيـى: بكـره الصبـح لازم أرجـع الجيـزة، وهـروح المقـابر أشـوف المقبـرة، بـس ليـه هـروح أعمـل أي؟

لا لا هروح

نــام وقـرر أن يجمــع أشـيـاءه ويعـود لبيتــه، وأول مـا فعـل أن تـرك حقيبتــه وأخـذ العـزم ليـذهب إلـى المقابر...

والـدة يحيى: يـا بني أنـت لسـه جـاي ارتـاح شـويه أو كُل حتى لقمة

يحيى: والله يـا سـت الكـل مـش جعـان عنـدي مشـوار كـده هخلصـه وأجيلـك، يـلا عاوزه حاجـة يا ست الكل

والدة يحيى: عاوزه سلامتك يا بني

ثـم ذهـب للمقـابر وقابـل العم مسـعد حـارس المقبرة

يحيى: إزيك يا عم مسعد أخبارك؟

عم مسعد: الحمد لله والله يا بني،

بس البنت اللي جبتوها دي مجننانا،

أنت متأكد يا بني إنها ميتة؟!

يحيى: أي اللي بتقوله ده يا عم مسعد أكيد ميتة، حصل أي؟

عم مسعد: ده كل يوم خبط ورزع

يحيى: أنت بتقول أي دي ميتة؟!

عم مسعد: والله يا بيه زي ما بكلمك كده، وابني بيشوف خيالها واقفة على باب المقبرة

يحيى بصدمة: إزاي؟!

عم مسعد: والله العلم علم الله يا بني

يحيى: تمام شكرًا يا عم مسعد

عم مسعد: الشكر لله يا بني

رحل يحيى وهو يفكر فيما قاله العم مسعد

يحيى: يا رب هو أنا مش هخلص بقا

وفجأة رن هاتفه "المتصل خلود"

يحيى: ثانية بس أنا اللي أخدت رقمها جابت رقمي إزاي؟!

رد يحيى على الفون: ألو

خلود: إزيك يا يحيى سألت عنك النهارده وعرفت إنك مشيت النهارده الصبح

يحيى: للأسف اضطريت أمشي كان عندي مشوار لازم أخلصه

خلود: بس ده أنا ملحقتش أتعرف عليك

يحيى: فعلًا، بس هتتعوض طبعًا

خلود: أنا برضو ماشيه النهارده راجعة الجيزة

يحيى: الجيزة؟! أنتِ من الجيزة؟!

خلود: أه ما هو إحنا متعرفناش بقا

يحيى: للأسف بس أنتِ جارتي بقا، يبقا أكيد هنتعرف

خلود: طب خلاص أي رأيك نتقابل النهارده بليل في كافيه؟

يحيى: تمام مافيش مانع

خلود: تمام أشوفك بليل، باي

يحيى: باي

يحيى: المشكلة إن هي شبهها جدًا وكأنها صورة طبق الأصل منها،

المهم هروح دلوقتي آخد شاور وأجهز نفسي كده، شكلك هتحبها ياض يا يحيى هههههه

يحيى بضحك: الحمد لله طلع عندي مشاعر للبني آدمين كمان، أنا فكرت بحب جثث بس

عاد يحيى لمنزله وحاول ألا يفكر في كلام العم مسعد...

الساعة الثامنة ليلًا...

يحيى هاتف خلود

يحيى: ألو

خلود: أيوه يا يحيى

يحيى: يلا جهزي نفسك هننزل دلوقتي

خلود: أنا جاهزة أصلًا ونازلة أهو

يحيى: حلو النشاط ده يلا أنا كمان نازل

نزل يحيى وقابل خلود

خلود: أي يا عم تأخير خمس دقايق بحالهم

يحيى: هههههه حقك عليا الطريق زحمة

خلود: سماح المرة دي

يحيى: كلك أصول يا ست البنات

خلود: طب يلا اقعد عشان نشوف هنشرب أي

يحيى: هشرب قهوة

خلود: اتنين قهوة بقا

يحيى: طلب القهوة

ظل ينظر لها ويتذكر جميلة وفجأة وبكل تلقائية ...

يحيى: خلود تتجوزيني؟

خلود: أي؟!

يحيى: تتجوزيني يا خلود، أنا حاسس إني أعرفك من زمان بجد

خلود: امممم طب أنا مضطرة أمشي

قررت الذهاب ولكن يحيى تمسك بيدها وبنظرات حب: استني أنا مستعد أحارب العالم عشانك أنا بحبك يا خلود

خلود: سلام يا يحيى

ورحلت...

يحيى: أي الغباء ده يا يحيى ما هو طبيعي تقلق ده إحنا ملناش غير يومين نعرف بعض رحل يحيى وعندما دقت الساعة الثامنة ذهب إلى المستشفى

ياسر: أي يا صحبي حمد الله على السلامة

يحيـــى: الله يســـلمك، أي أخبــــار المشـــرحة والميتين؟ ههههه

ياسـر: كـل شـيء تمـام، يـلا همشـي أنـا رديتـك يـا بطل

يحيى: ماشي روح أنت.

جلس يحيى وكل تفكيره في جميلة،

وبالفعــل لا حقيقــة فـي أن الرجــال لا تبكـي؛ فحـين يعشق الرجل يبكي كالأطفال.

وفي هذه اللحظة دي رن هاتفه وكانت خلود

يحيى: خلوووود ورد علطول

خلود: يحيى

يحيى: نعم معاكِ

خلود: أنا موافقة

يحيى بفرحة: بجد؟

خلود: بجد بس في حاجة لازم تعرفها

يحيى: حاجة أي؟

خلود: أنا أهلي متوفين من زمان في حادث سير، وأنا وحيدة هتخدني مقطوعة من شجرة؟

وفي اللحظة دي رد يحيى بكل حب: أقسملك إني هكون الأخ والأب والحبيب و هكون بيتك وملجائك الحنون

خلود بدموع فرحة: بجد يا يحيى

يحيى: بجد يا حبيبتي وبكره هكون عندك أنا وأمي

خلود: خلاص هستناك، باي

يحيى: باي

بحسها هي جميلة مش خلود دي جميلة

مر الوقت حتى جاء موعد استلام ياسر للعمل

يحيى: يلا استلم ورديتك أنا ماشي

ياسر: تمام

ذهب يحيى لمنزله

يحيى: أمي يا ست الكل

أم يحيي الحاجة سعاد: نعم يا حبيبي

يحيى: تعالي يا ست الكل عاوزك في موضوع

الحاجة سعاد: نعم يا حبيبي في أي

يحيــى: بصــي يــا ست الكــل، أنــا عــاوزك تيجي
معايا هتقدم لوحدة عرفتها و....

والـــدة يحيـــى: يـــا حبيبـــي ألـــف مليـــون مبـــروك،
طبعًا معاك

يحيى: بس فيه مشكلة صغيرة

والـــدة يحيـــى: لا إلـــه إلا الله مشـــكلة أي يـــا بنـــي دي؟

يحيـى: هـي وحيـدة معنـدهاش أي حـد، وأهلهـا متوفين، ومافيش حد هيقابلنا غيرها

والـدة يحيـى بحـب: يـا حبيبـي هنكـون إحنـا أهلهـا وأنا أوعدك هكون أم ليها مش حماتها

يحيـى حضـن أمـه: ربنـا يخليـكِ ليـا يـا سـت الكـل، النهارده بإذن الله على العصر كده نروح

والدة يحيى: اللي عاوزه يا حبيبي، قوم بس كُل لقمة كده وارتاح شويه

يحيـى وهـو يقَبِّـل رأس والدتـه: عنيـا يـا سـت الكـل حاضر

ثم أكل وذهب لينام

الساعة الرابعة عصرًا استيقظ وتجهز هو ووالدته، ثم ذهبوا لخلود

خلود : أهلًا وسهلًا بيكم، اتفضلوا

والدة يحيى حضنتها بكل حب : حبيبة قلبي أي القمر ده

خلود : والله يا طنط أنتِ اللي قمر

والدة يحيى : عسل يا ناس والله

يحيى : الله الله يعني قمر وعسل وأنا دلوقتي اللي بقيت مخلل يعني؟!

ضحك الجميع وتحدثوا في عدة مواضيع، وحانت لحظة قراءة الفاتحة، وتمت على خير

والدة يحيى : ألف مبروك يا حبايبي

أي رأيك لو نخلي الخطوبة الأسبوع اللي جاي والفرح الأسبوع اللي بعده

يحيى: أيوه صح يا ست الكل خير البر عاجله

خلود بضحكة: وأنا موافقة

وسمعنا بقا أجمل زغروطة من ست الكل

اليوم التالي

يحيى: اعمل حسابك يا ياسر خطوبتي الأسبوع اللي جاي

ياسر: الله ده إحنا بقينا بنخطب من ورى بعض

يحيى: والله الموضوع جه بسرعة بس لازم تيجي

ياسر: طبعًا ابقى ابعتلي اللوكيشن

يحيى: حاضر طبعًا

مر الأسبوع على خير وجاء موعد الخطبة

ياسر دخل للقاعة وهو في حالة صدمة: يحيى أي ده؟!

يحيى: في أي؟

ياسر: دي جميلة، أي ده أنت بتعمل أي؟ ولا أي ده أنا مش فاهم حاجة؟!

يحيى: لا لا دي خلود هي شبهها بس تعالى تعالى.

يحيى: خلود، ياسر صحبي وهو أقرب حد ليا

تبادل ياسر السلام هو وخلود وهو في حالة صدمة، وتمت الخطبة على خير، وبعد مرور أسبوع جاء اليوم المنتظر يوم الزفاف،

وقال المأذون كلماته الشهيرة

«بارك الله لكم وبارك عليكما في خير»

لولولولولولولوليي

تم الزفاف على خير.

مع مرور أول يومين بدأ يحيى يلاحظ خدوش وعلامات توحي بأن خلود قامت بحادثة وكلما سألها يحيى كانت إجابتها: مافيش يا حبيبي وقعت قبل الفرح على السلم

يحيى: ومقلتليش ليه؟

خلود: عادي يا يحيى محبتش اقلقك معايا

يحيى: طيب تمام يا خلود

بدأ يحيى يلاحظ أشياء غريبة، فأحيانًا تكون نائمة بجانبه وفجأةً تختفي، ويخرج ليجدها تتكلم مع أحد هو لا يراه...

يحيى: كنتِ بتتكلمي مع مين يا خلود

خلود: لا دي صاحبتي بس كنت لابسه السماعة عشان كده مشوفتهاش

مرت الأيام والحال كما هو إلى أن جاء يوم واستيقظ ولم يجدها اختفت ولا أثر لها، حاول العثور عليها هاتف والدتها لعلها ذهبت لها ولكن ليست هناك، ذهب إلى شقتها ولكن الغريب أنه وجد قفل ولم يكن هناك قفل من قبل، نزل إلى الأسفل وسأل البواب عن الأستاذة خلود التي تسكن في الدور السابع ليصدم من جواب البواب

البواب: أستاذة خلود مين يا بيه اللي كانت في الدور السابع؟!

دي شقة الأستاذة جميلة وأهلها

يحيى بصدمة: أنت بتقول أي دي شقة خلود؟!

البواب: لا يا بيه دي شقة أستاذة جميلة واختفت من فترة كبيرة وأهلها فقدوا الأمل وسابوا الشقة

يحيى: جميلة ماتت

البواب: أنت بتقول أي يا بيه أنت تعرفها؟

يحيى: أيوه أنا شغال في مستشفى.......

يحيى: تعرف مكان أهلها؟

البواب: أه طبعًا أعرف

ذهـب يحيـى للعنـوان الـذي أعطـاه لـه البـواب ودق على الباب...

الرجل: مين؟

يحيى: ممكن أتكلم مع حضرتك شويه

الرجل: أكيد اتفضل

دخـل يحيـى ورأى صـور جميلـة فـي كـل مكـان، شعر بكسرة قلبه

يحيى: أنا جاي بخصوص جميلة

الرجــل: جميلـة بنتــي؟ هـي فــين أنــت تعــرف مكانها؟

يحيى: اهدى يا حاج بالله عليك

والــد جميلــة: طـب هـي فـين يـا بنـي؟ أنـا قلبـي هيتقطع على بنتي والله

وبدأت عينه تسيل بالدموع

يحيــى: طـب اهـدى هحكيلـك بـس امسـك أعصـابك بعد إذنك،

بنتــك اتوفـت فـي حـادث سـير ولمـا مظهـرش حـد ليها دفناها في مقابر صدقة

والد جميلة بكسرة: بنتي؟ بنتي ماتت؟!

يحيــى: والله يـا حـاج حصـل حاجـات كتيـر معايـا من بعد موت بنتك أنا مش فاهم ليه

ثم قص له كل شيء

والـد جميلـة: بنتـي كانـت بتحبك يـا بنـي قبـل مـا تموت

يحيـى بصـدمة: بتحبنـي؟! بتحبنـي إزاي أنـا ماكنتش أعرفها

والـد جميلـة: بـس هـي كانـت تعرفك يـا بنـي، كانـت هـي وصـحبتها قبـل اختفاءهـا بأسـبوع فـي المستشـفى عنـدك وشـافتك، ومـش عـارف إزاي حبتـك مـن أول مـرة كـده «فعـلًا الحـب مـن أول نظرة ده موجود ما بينا بس اللي يقدره»

يحيى بصدمة: عشان كده كل ده حصل معايا

والـد جميلـة: كانـت كـل يـوم تـروح المستشفى بـأي حجـة عشـان تشـوفك، وصـحبتها اللـي حكتلي كل ده يا بني

يحيى: تمام يا عمي أنا مضطر أمشي عن إذنك

رحــل يحيــى وهــو يفكر كيــف هــذا؟ لماذا لــم تقــل؟ مــاذا عــن خلــود أهــي غيــر موجــودة؟ هــل تزوجــت جثة؟!

ومــرت الأيــام والسنون، ونســى يحيــى كــل مــا يتعلــق بجميلــة، وتــرك المستشفــى، وتــزوج وأنجــب فتــاة جميلــة تــدعى نــرمين، ولكــن نــرمين كانــت كــل ليلــة تستيقظ وهــي تبكــي وتصــرخ ولا أحــد يعــرف مــا بهــا، حتــى أصبحــت في عمــر الســت سنوات، دخلت عليها وإذا بها تتحدث مع أحد

فدخلت للغرفة: نرمين حبيبتي بتكلمي مين؟

نرمين: مافيش يا بابا دي طنط جميلة

يحيى: جميلة؟؟ جميلة مين؟!

نــرمين: طــنط جميلــة بتيجــي كــل يــوم وتفضــل تحكيلي رواية اسمها أحببت الجثة

يحيى: أي؟ أي اللي أنتِ بتقوليـه ده؟! مفيش الكلام ده محدش دخل أنتِ متهيقلك ولو قولتي الكلام ده تاني هزعل منك جامد

نرمين: لا يا بابا طنط جميلة حقيقية وكمان ادتني دي

أعطت له نفس السلسلة التي كانت معه ولكن محفور عليها حرف الـN «نرمين»

يحيى بصدمة: أي ده؟ ده جه ليكِ إزاي هاتي دي

وأخذها منها ورماها من الشباك

نرمين بعياط: ليه كده يا بابا دلوقتي هتزعل مني

يحيى قرب منها: حبيبتي أنا هجبلك أحلى منها ويلا عشان تنامي

تصبحي على خير

ظـل يفكـر كثيـرًا، مـاذا يحـدث؟ جميلـة مجددًا؟ ألـن ينتهي هذا الكابوس؟

نرمين : بابا باباااااا

يحيى : نعم يا حبيبتي

نـرمين : طـنط جميلـة زعلانـة منـك أوي وبتقـول إنها هتخليك تندم، شوفت أهو خليتها تزعل

يحيـى : أنـتِ مـش هتنـامي فـي أوضـتك تـاني هتنامي معانا سامعة؟

نرمين : حاضر يا بابا

أمنيـة زوجـة يحيـى : فـي أي يـا يحيـى؟ جميلـة مـين وليه عاوزها تنام معانا؟

يحيـى : لا ده عقـل طفلـة يـا أمنيـة تلاقيهـا بتتخيـل بسبب الكرتون وكده

أمنية. طيب ماشي

ليلًا استيقظ يحيى على صراخ نرمين، نظر بجانبه فلم يجدها، ذهب لغرفتها ولم يجدها، بحث في كل أنحاء المنزل ولم يجدها، ولكن وجد عبارة مكتوبة على المرآة " أنا أخدتها معايا متتعبش نفسك

جميلة. "

يحيى: جميلة يعني أي هو أنا مش هخلص يا رب أعمل أي دلوقتي أجيب بنتي إزاي؟

أمنية: مين جميلة يا يحيى وفين بنتي بنتي فين؟

يحيى: اهدي يا أمنية أنا نفسي مش فاهم حاجة ولا عارف أي اللي بيحصل ده صدقيني

أمنية: رد عليا بقولك مين جميلة دي؟

يحيى: اقعدي يا أمنية هقولك كل حاجة .....

أمنية: يعني أي: يعني أنا بنتي دلوقتي فين بنتي مش هشوفها تاني؟ أنا عاوزه بنتي يا يحيى، بنتي لو مرجعتش أنا مش هسامحك يا يحيى

يحيى: أنا مش عارف أعمل حاجة يا أمنية والله مش عارف أنا عايش في لعنة حبها دي من سنين و ما صدقت يوم ما خلصت منها،

دي كانت ساعة سودة يوم ما شوفتها،

قولي أعمل أي يا رب؟

فقدت أمنية وعيها من هول الصدمة

يحيى: أمنية أمنية فوقي

حملها ووضعها في غرفتها وبدأ في افاقتها حتى استعادت وعيها

أمنية: بنتي يا يحيى، هاتلي بنتي أنا عاوزه بنتي

يحيـة: اهدي يا أمنيـة اهدي بنتنـا هترجعلنـا ثقي
فيا

أمنيـة: مـا بقـاش ينفـع خـلاص، بنتـي خـلاص
ضاعت

يحيـى: أنـا هنـزل أشـوف حـل ولازم أرجـع بنتـك
لحضنك

ونزل يحيي بسرعه وتواصل مع ياسر صديقه

يحيى: أنت فين يا ياسر؟

ياسر: بروح العيال قلت أطلع أخرجهم النهارده

يحيى: طب روحهم وتعلالي بسرعة

ياسر: طب في أي؟

يحيى: لما تيجي يا ياسر

ياسر: طب عشر دقايق وأكون عندك

يحيى: تمام سلام

ياسر: في أي يا يحيى؟

يحيى: جميلة يا ياسر، جميلة مش هتسبني في حالي

ياسر: جميلة؟! جميلة اللي من أكتر من تمن سنين أي فكرك بيها؟!

يحيى: رجعت وخدت بنتي

ياسر: أنت واعي أنت بتقول أي؟

أخدت بنتك إزاي يعني؟

فقص له يحيى ما حدث

ياسر: يا رب هو إحنا مش هنخلص يلعن الساعة اللي شوفناها فيها

يحيى: شوفلي شيخ كويس يعرف يرجع المفقود

ياسر: في شيخ ناس كتير بتشكر فيه جدًا، أي رأيك نروح نشوفه؟

يحيى: وهو في رأي يا ياسر المهم بنتي ترجع، أمنية عرفت كل حاجة والضغط زاد عليا لازم البنت ترجع

ياسر: خلاص يلا نروح

في بيت قديم،

دق ياسر على الباب

الشيخ: ادخل ياللي على الباب

دخل ياسر ويحية

الشيخ: اتفضلوا اقعدوا

يحيى بصوت واطي: أي كمية الدخان دي؟!

ياسر: ششششش ادخل وأنت ساكت

ياسر قعد: إزيك يا شيخنا احنا جاينلك النهارده عشان...

الشيخ: متكملش أنا عارف كل حاجة، متقلقش يا يحيى بنتك هترجع هي متقدرش تأذيها

يحيى: يحيى؟! هو عرف إزاي؟

الشيخ مرجان: هو أنا بتاع عرقسوس يا يحيى؟

يحيى: لا طبعًا لا سمح الله،

بس أنا عاوز بنتي ترجعلي وأنا تحت أمرك في أي حاجة

الشيخ مرجان: هات إيدك يا يحيى

ثم ضم يده وظل الشيخ يقرأ آيات من القرآن ويتمتم بكلمات ليست مفهومة

الشيخ: غمـض عينـك يا يحيـى وقـولي شـوفت أي؟

يحيـى غمـض عينـه وبعـد دقيقـة: بنتـي، بنتـي أهي

الشيخ مرجان: شايف أي يا يحيى؟

يحيـى: بنتـي شـايفها أهـي دي نايمـة فـي أوضتها!

الشيخ: فتح عينك يا يحيى

يحيى فتح عينه

الشيخ: روح يا يحيى بنتك في البيت

يحيى: بجد شكرًا، شكرًا جدًا يا شيخ

ثم رحل سريعًا يرى ابنته

يحيى فتح الباب

أمنية: برضو راجع من غيرها يا يحيى يعني
خلاص بنتي كده راحت مني

يحييدى: اهدي بنتك هنا

ودخل غرفة نرمين، وجدها نائمة بسريرها

يحيى: أمنية أمنية تعالي

أمنية: بنتي

وضمتها لحضنها،
استيقظت نرمين

يحيى: حبيبة بابا أنتِ كنتِ فين؟

نرمين: طنط جميلة جات امبارح وأخدتني
معاها قالتلي عشان أوريكِ العالم اللي أنا
عايشة فيه، وأخدتني مكان يا بابا فيه ميتين
كتير بليل وسط مكان قالتلي دي المقابر وده
بيتي والموتى دول أهلي، وأنا خوفت أوي
وفضلت أصرخ كتير عشان تيجي، وشربتني

حاجـة غريبـة غصـب عنـي وبعـدين قـالتلي أنـتِ
كده انضميتي لعالمي،

ومـن شـويه حسـيت إن الأرض بتتهـز جامـد أوي
ودوخت وجيت هنا مش عارفه إزاي يا بابا

يحيى: مـا تخفيـش مـن حاجـة يـا حبيبتـي أنـتِ هنا

مـع بابـا فـي أمـان ومحـدش هيقـدر يمـس شعـره
منك

أمنية: بس هو أي ده اللي شربته يا يحيى؟

يحيـى: مـش عـارف بـس طـول مـا هـي كويسـة
مافيش حاجة خلاص

نـرمين: بـس أنـا مـابقتش حاسـة بـأي حاجـة
خالص يا بابا

يحيـى: إزاي يـا حبيبتـي مـش حاسـة؟ يعنـي لـو
شكيتك بالدبوس مش هتحسي؟

نـرمين: مـش عارفـة يـا بابـا بـس هـو أنـا مـش حاسة بحاجة خالص

يحيى مسك دبوس

أمنية: يحيى أنت هتعمل أي؟

يحيـى: استني يـا أمنيـة، وشـك نـرمين فـي إيـدها الغريبة محستش

يحيـى: لا لا فـي حاجـة غلـط طبعًـا، يـا رب مـا يكونش اللي في بالي صح يا رب

وذهب سريعًا وأحضر طبيبًا

الدكتور: هو أي ده؟ أنا مش فاهم حاجة،

بسم الله الرحمن الرحيم

البنت ميتة

يحيى: ميتـة أي أنـت مجنـون يـا دكتـور البنـت قدامك أهي

دكتـور عمـرو: مـا هـي دي المشـكلة يـا أسـتاذ البنـت قـدامي أهـي لكـن ده قلبهـا واقـف أصـلًا وميتة، ميتة والله العظيم

يحيـى: اتفضـل يـا دكتـور مـش عاوزين حاجـة ميتة ده أي

يحيـى: نـرمين حبيبتـي فهمينـي هـي قالتلـك أي ده اللي أنتِ شربتيه؟

نـرمين: مـا قلتلـيش يـا بابـا حاجـة قـالتلي اشـربي ده وبعـدين قـالتلي أنـتِ كـده بقيتـي مننـا وانضميتي للعالم بتاعي

أمنيـة: أنـا مـش فاهمـة حاجـة يـا يحيـى بنتـي مالها؟

يحيـى لـم يـرد عليهـا فقـط هـاتف صـديقه ياسـر ليقص له ما حدث

ياسر: أنت بتقول أي لا طبعًا في حاجة غلط

يحيى: قابلني هنروح للشيخ تاني

ياسر: طيب أنا قريب منه تعالى أنت على هناك

يحيى: طيب ماشي

ياسر: يلا ندخل

الشيخ مرجان: هاتولي البنت دي هنا، أنا محتاج أشوفها

يحيى: حاضر هجبها دلوقتي حالًا

يحيى: أمنية أمنية نرمين فين؟

أمنية: في أوضتها

دخل لقاها بتلعب بالسلسة اللي هديتها ليها جميلة

يحيى بغضب: وبعدين بقا مش قلنا الزفت ده لا

ثم أمسك يديها بعنف والعجيب أنها لم تشعر بشيء نهائيًا، ولم تُبدِ أي ردة فعل، وعندما وصلوا للشيخ كانت رافضة تمامًا الدخول ، ولكن يحيى أدخلها رغمًا عنها

الشيخ مرجان: اقعدي يا حبيبتي ماتخافيش

نرمين: أنا مش خايفة عشان طنط جميلة قالتلي مستحيل حد يعرف يأذيكِ من بعد النهارده

الشيخ مرجان: تعالي قربي

اقتربت نرمين منه، ثم أخذ الشيخ يديها ووضعهما على النار، يحيى كان سيبدي اعتراضه ولكنه لم يجد أي ردة فعل من نرمين

الشيخ بنظرات شفقة: للأسف يا يحية أنت هتفضل في لعنة حب الجثث دي لحد ما تموت،

بنتك دلوقتي أصبحت ميتة لما أخدتها ودخلتها عالمها خلاص هي انضمت ليهم

يحيى: أنت بتقول أي يا شيخ وأمها اللي قلبها موجوع عليها

الشيخ: صدقني مش بإيدي يابني

وفجأة رن هاتف يحيى ليقطع كلامهم

يحيى: أيوه مين؟

الشخص: الحق يا يحيى بيتك بيولع

يحيى: أي؟! أنا جاي حالًا

ياسر: في أي يا يحيى؟

يحيى: حد بيقول إن البيت بيولع

ذهب مسرعًا ليجد منزله يشتعل وكأنه محاط بنار جهنم

أحد الجيران الحاج محمد: مراتك للأسف ملحقتهاش يا يحيى يا بني

شد حيلك

يحيى: أي أمنيبية

كــان يريــد الــدخول ولكــن أحــد الجيــران منعــه مــن
ذلك

الحــاج محمــد: اهــدى يــا بنــي جثتهــا ملهــاش أثــر
معني كده إنها اتفحمت وحد الله

ياســر: تعــالى اقعــد معايــا يــا يحيــى فــي البيــت
الشقة واسعة

يحيى: طيب خد نرمين وأنا هاجي وراكم

ياسر: طيب يا يحيى، يلا يا نرمين يا حبيبتي

دخــل يحيــى منزلــه بعــدما تحــول إلى فحــم بمعنــى
الكلمــة حتــى جثــة زوجتــه ليــس لهــا أثــر، ظــل
يتــذكر ذكرياتــه، وفجــأة اســتوعب أنــه فقــد كــل
شيء أنهاية الحب هكذا؟؟

يحيى: روحتي يا أمنية سبتيني؟ طب مين هيربي نرمين بنتنا أنتِ كنتِ بتقولي هنطلعها دكتورة صح؟ طب مين هيسمعني ويستحملني من بعدك يا نور عيني خلاص كده روحتي، مشيتي فراقنا هان عليكِ؟ ليه يا رب ليه؟ حتى مافيش جثة ليكِ أشوفك أشبع منك لكن أنتِ بقيتي رماد يا نور عيني رماد

واشتد عليه البكاء

ولكنه قرر الصمود من أجل ابنته؛ لأنها بحاجةٍ له الآن، هب لبيت ياسر ودخل الغرفة التي بها نرمين

نرمين: متزعلش يا بابا طنط جميلة عند ماما دلوقتي

يحيى اتعصب عليها وكان هيضربها: يوووووه تاني زفتة جميلة أنا لو سمعت الاسم ده تاني أنا هضربك بجد مفهوووووم

نرمين: مفهوم يا بابا

ثم ذهب لياسر ليستأذنه لدخول البلكونة

ياسر: طبعًا اتفضل يا يحيى مافيش حد، وبعدين ده بيت أخوك يا يحيى

يحيى: تسلم يا ياسر

ودخل البلكونة

وسرح بخياله وفجأة سمع صوتًا يقول: وحشتني يا يحيى

يحيى: جميلة؟! أنتِ تاني ابعدي عني بقااااااااا، ده أنا بقيت بلعن الساعة اللي شفتك فيها

جميلة: ليه كده يا يحيى كل ده عشان حبيتك

يحيى: حبيتي أي غوري بقا أنا كرهتك

جميلة: مش هخلي حد يقرب منك يا يحيى أنت ليا أنا وبس سامع ليا وبسس

يحيى: أنا بكرهككك ومش بكره قدك،

غووووووري ودخل للغرفة

احتضن ابنته ونام

في اليوم التالي

ياسر: نمت كويس يا يحيى؟

يحيى: الحمد لله نمت كويس

نرمين صحيت وجريت على أبوها

نرمين: بابا بابا أنا مبسوطة جدًا

يحيى: ليه يا حبيبة قلبي حصل أي؟

نرمين: لا يا بابا مش هقولك أنت هتضربني

يحيى: لا يا حبيبتي ماتخفيش قولي

نرمين: طنط جميلة جات النهارده في الحلم
وقالتلي إن ماما عندها، وأنا روحي عندها لكن

جسـد لا قـالتلي قريــب هتاخـدني أنـا وأنـت نعيـش معاها

يحيـى: نـرمين حبيبتـي مـافيش حاجـه اسـمها كـده، مـافيش طـنط جميلــة، ومامـا مـش عنـد حـد ماما عند ربنا ماشي يا حبيبتي

نرمين: ماشي يا بابا وطلعت بره

ياسر: وبعدين في جميلـة زفـت دي هـي عـاوزه أي؟

يحيـى: واضـح كـده إنـه أنـا الضـحية الجديـدة هـي مش هتسبني في حالي يا ياسر

ياسر: روق بس كده وقوم عشان تفطر

يحيـى: لا أنـا مـش جعـان ولازم أروح الشـغل عشان اتاخرت خلي بالك من نرمين بس

ياسر: في عيني متقلقش

يحيى: تسلم يا ياسر يلا هلبس أنا وأنزل عاوز حاجة

ياسر: عاوز سلامتك

وحضن يحيى بنته حضن طويل

ياسر: يا عم هتتأخر في أي ما أنت هتشوفها تاني

يحيى: خلي بالك منها يا ياسر

يلا سلام

ونزل يحيى وهو يعبر الطريق كانت هناك سيارة قادمة بسرعة وأصيب يحيى إصابة بالغة، ونقل للمستشفى التي قابل بها جميلة، وفتحوا هاتفه وجدوا أن آخر شخص اتصل به هو ياسر، هاتفه أحدهم وأخبره أن صاحب الهاتف في مستشفى.....

جاء ياسر للمستشفى سريعًا ولكن قد فات الأوان، لأن روح يحيى ذهبت لخالقها

ياسر: ليه يا صاحبي، ليه سبتني؟

قولتلـك متنـزلش وكـأن قلبـك كـان حاسـس يـا صحبي وأنـت بتـودع بنتـك النهـارده، وكـأن قلبـك كان حاسس، وجعت قلبي عليك ليييييييييييه؟

وتيجـي تمـوت فـي الأوضـة اللـي ماتـت فيهـا جميلة، وتتحط في نفس التلاجة

جميلـة: وهنـا أنـا نفـذت وعـدي بأنـه مـش هيكـون لحـد غيـري، دلـوقتي أنـت زيـك زيـي يـا يحيـى عملتهـا فعـلًا ههههههه يحيـي بقـا ليـا وبـس ومـات بلعنة «حب الجثة»

الخاتمة

وفي النهاية أرجو أن تكون كتباتي قد نالت إعجابكم، وأكون قد أزلتُ الستار ووضحت الأفكار إلى اللقاء، ولعلي أعود أنا وقلمي مرةً أخرى.